AF312529

21 Février 1895.

P

VENTE DU JEUDI 21 FÉVRIER 1895
HOTEL DROUOT. SALLE N° 11
A DEUX HEURES

OBJETS DE CURIOSITÉ

Des XV°, XVI° et XVII° siècles

BEAUX FERS OUVRÉS

CUIVRES, BRONZES, ÉTAINS, ARMES

Faïences et Porcelaines

Argenterie. Bijoux anciens. Miniatures

TRÈS BELLES TAPISSERIES

Tapis d'Orient

JOLIE HARPE DE COUSINEAU PEREETE

Meubles, Tableaux

M° Paul CHEVALLIER	**M. A. BLOCHE**
COMMISSAIRE - PRISEUR	EXPERT
10, rue Grange-Batelière, 10	28, rue de Châteaudun, 28

EXPOSITION PUBLIQUE

Le Mercredi 20 Février 1895, de 2 h. à 6 h.

IMPRIMERIE ARTISTIQUE

E. MÉNARD & Cⁱᵉ

Bureaux et Ateliers : Paris — 8, Rue Milton

CONDITIONS DE LA VENTE

La vente sera faite *expressément* au comptant.

Les acquéreurs payeront en sus des adjudications *cinq pour cent*.

L'exposition mettant le public à même de se rendre compte de l'état des objets, il ne sera admis aucune réclamation une fois l'adjudication prononcée.

Paris. — Imp. E. Ménard & Cⁱᵉ, 8, rue Milton.

FERS OUVRÉS

Armes, Cuivres, Bronzes

1 — Beau coffret de forme quadrangulaire, en
fer ajouré, dessin ogival. Jolie serrure exté-
rieure ciselée. Travail français du xve siècle.

2 — Joli coffret en fer entièrement gravé d'oi-
seaux et de rinceaux. Couvercle bombé à poignée, sur quatre petits pieds sphériques. Travail allemand de la Renaissance.

3 — Coffret en fer de forme cylindrique à con-
trefort et sur quatre petits pieds sphériques.
Couvercle mobile à poignée et muni de quatre
serrures distinctes, la présence des quatre clefs
étant absolument nécessaire pour ouvrir. A
l'intérieur, protège-serrure en fer martelé, repoussé et ciselé à mufle de lion et ornements.
Travail français du xvie siècle.

4 — Belle serrure en fer forgé de forme quadrangulaire à encadrement fenestré pour interposition de tissu et maintenu aux quatre coins par des rosaces à boutons sphériques. Cache-entrée forme tête humaine. Travail français du xve siècle.

5 — Belle lampe d'offrande en fer forgé, ajouré et découpé. Forme édicule à fenestrage gothique flamboyant. Réservoir surmonté d'un dais abritant saint Pierre, le Saint-Esprit et une tête d'animal apocalyptique. Travail français du xve siècle. Pièce rare.

6 — Jolie lampe Crasset en fer. Réservoir quadrangulaire avec couvre-entrée mobile surmontée d'un animal fantastique découpé. Tige ajourée, long crochet d'attache. Travail flamand du xvie siècle.

7 — Très beau haut-relief en fer repoussé, représentant la Victoire de Scipion contre Annibal et Siface, d'après une fresque de Raphaël du Vatican. Travail italien de la fin du xvie siècle.

8 — Spatule à long manche en fer ciselé. La tige est formée à la base d'un bas de jambe surmonté d'un bras et d'une main tenant une tige torse. Au-dessus une tête humaine. Travail français du xvie siècle.

9 — Grand cadenas en fer forgé. Composé d'un corps rectangulaire fixé sur plaque débordante ornée de clous à têtes élevées en forme édicule hexagonale. Tige mobile à forte poignée. Le cache-entrée maintenu à l'aide d'un secret caché sous une plaque de cuivre gravée, placée sous la boîte. Toutes les parties portent le poinçon de l'artisan. Pièce très curieuse du xve siècle.

10 — Cadenas à clef en fer forgé, plaques de faces découpées à interposition de cuivre. Clef à platine glissant sur rainures doubles, Tige à ressort. Joli travail français du xvie siècle.

11 — Très beau pistolet. Canon en fer ciselé à ornements et trophées dorés en partie. Garnitures en argent massif et ciselé. Bois incrusté de filets et de fleurettes en argent. Beau travail de l'époque Louis XIV.

12 — Batterie de fusil dite « à la Miquelet » en
fer ajouré et ciselé de personnages, de grotes-
ques et de rinceaux. Travail italien du
XVIIe siècle.

13 — Pièces de garniture de fusil en fer ajouré
et finement ciselé de personnages et de rinceaux. Beau travail italien du XVIIe siècle.

14 — Pièces de garniture de fusil en fer ciselé et
damasquiné d'argent. Italie, XVIIIe siècle.

15 — Porte-chandelle filé en fer à l'usage de feux
de tabellion, pince sur tige fixée sur plateau
rectangulaire à quatre pieds. Travail français
du XVIe siècle.

16 — Très belle assiette en étain. Au centre : la
Résurrection du Christ. Sur le marli, les apô-
tres en douze médaillons ovales séparés par
des entrelacs Renaisssance. XVIIe siècle, poinçon de Nuremberg.

17 — Belle assiette en étain analogue, portant
outre le poinçon de Nuremberg celui du maître
Martin Harscher. XVIIe siècle.

18 — Belle assiette en étain ; au centre : Noë
remerciant le Seigneur au sortir de l'Arche.
Sur le marli quatre médaillons représentant
Adam et Ève dans le Paradis et séparés
par des rinceaux. Poinçon de Nuremberg,
xviie siècle.

19 — Plaquette en plomb en haut relief très
finement reprise. Représente, l'Adoration des
Mages. Travail français du xviie siècle.

20 — Belle ceinture d'officier aux reîtres, en cuir
entièrement cloutée d'étain. Manque la bordure tissu et la boucle. Travail Allemand du
xvie siècle.

21 — Très belle lampe ancienne, d'époque anté-
rieure à notre ère et d'origine asiatique en
bronze patine verte. Elle est formée d'une tête
et d'un buste de femme terminé en corps d'oi-
seau sur pattes et les ailes étendues. Le corps
forme réservoir à huile et possède deux becs
à mèches. Objet curieux. Bonne conservation.

22 — Christ en cuivre, partie en émail bleu,
champlevé. Travail byzantin.

23 — Quatre statuettes, en cuivre doré et ciselé :
Un Ange et trois figures d'animaux de l'Apo-
calypse, surmontés d'édicules de style gothique.
Travail français du xve siècle.

24 — Dessus d'encensoir, de forme mi-sphéri-
que, surmonté d'un campanile hexagonal à
fenestrage et à dôme en cuivre rouge découpé
à jour d'anges et de feuillages, traces de dorure.
Epoque Romane.

25 — Dessus d'encensoir en forme de couronne
impériale en cuivre rouge doré entièrement
ajouré. Epoque Byzantine.

26 — Dessus d'encensoir, en bronze, en forme
édicule à double étage à fenestrage ajouré,
surmonté d'un dôme hexagonal découpé,
époque Gothique.

27 — Balance à trébuchet, avec série complète
de poids. Trébuchet à tige en fer et plateaux
en cuivre poinçonné. Poids à effigies et mar-
ques diverses. Jolie boîte en bois avec crochets.
xviiie siècle.

28 — Boîte à série de poids, en cuivre rouge gravée de bandes de rinceaux et d'animaux. Le couvercle poinçonné de divers contrôles est orné de personnages maintenant la poignée. L'agrafe d'attache est décorée de têtes de chevaux. Travail anversois du xviie siècle.

29 — Très belle boucle de caparaçon en cuivre rouge repoussé, à rinceaux, fleurs et feuillages. Style mauresque. Travail espagnol du xvie siècle.

30 — Petite balance romaine. Jolie pièce en cuivre rouge, ciselé et décoré. Travail italien du xviie siècle.

31 — Joli plat, de forme ovale, en cuivre argenté, repoussé et ciselé. Au centre, Bacchus enfant tenant une coupe et une grappe de raisin. Au marli, rinceaux de fleurs et de fruits. Travail français, époque Louis XIII.

32 — Angelot porte-lampe de sanctuaire en bronze. Tient une corde terminée par une poulie. Travail de l'époque Louis XIII.

33 — Petit flacon vénitien, à essences de style oriental, en cuivre damasquiné or et argent. XVIe siècle.

34 — Lanterne en cuivre, en étui plat et pliante. Encadrements simples surmontés de têtes découpées en demi-cercle à rayons. Feuillets en corne blanche légère. Travail français, XVIIIe siècle.

35 — Petite lampe à suspendre, en cuivre jaune forme rectangulaire, à dôme avec crochet d'attache. Travail flamand du XVIe siècle.

36 — Petite lampe sphérique, en cuivre jaune. Couvercle surmonté d'une croix, tige à pas de vis et crémaillère d'inclinaison. XVIIe siècle.

37 — Onze manches de couteaux en cuivre, représentant des personnages. Travail flamand des XVIe et XVIIe siècles.

38 — Face à main en cuivre doré, finement ciselé de rinceaux, époque Directoire. Travail français.

39 — Joli petit coffret en filigrane d'argent. Couvercle bombé, corps rectangulaire sur pieds sphériques. Travail vénitien du XVIIe siècle.

40 — Porte-cure-dents en argent ciselé. Représente Neptune debout armé d'un trident,
s'appuyant sur une coquille ondulée et fixé
sur un fût de colonne octogonal avec soubas-
sement rectangulaire sur pieds. Parties dorées.
Travail poinçonné français du xviiie siècle.

41 — Croix reliquaire en argent doré et ciselé
contenant des reliques. En relief, Jésus en
croix, Dieu le Père, sainte Marie et sainte Madeleine. xviie siècle.

42 — Corne à brulin en bec de corbin. Couvercle
en argent avec dessus en cristal de roche serti.
xviiie siècle.

43 — Sceau papal en cire, de la première année
du pontificat de Grégoire XIII (1572), le ré-
formateur du calendrier. Il est de forme ovale
à double face, de 15 centimètres 1/2 de hau-
teur sur 12 de largeur, et représente d'un côté,
en haut-relief polychromé rehaussé d'or, l'a-
gneau pascal et les armes du pape, entourés de
l'inscription suivante : *Ecce. a. dei. qui. tol-
lit. pec. mun. anno. primo.* Greg. XIII, P. M. ;
au revers, la Sainte Cène et la légende égale-
ment en majuscules : *Ego. cum. illo. ipse.*

mecum. Greg. XIII. P. M. Sigillum avec encadrement en verre églomisé orné sur fond
d'or de rinceaux et inscriptions quelque peu
effacées par le temps. Pièce intéressante.

44 — Deux petites consoles en bois de chêne.
Armoiries sculptées et polychromées en relief
aux armes de la famille de Villeroy. XVIIe siècle.

45 — Bouclier persan, de forme circulaire, bombé,
en peau de rhinocéros, recouvert d'un vernis
jaune, orné de dorures aux petits fers et de six
têtes de clous façonnées très saillantes.

46 — Petit pied en argent à support mi-sphé-
rique à bordure découpée et à anneau gravés
de dessins Renaissance. Base à cabochons,
garnie de turquoises et de rubis. XVIIIe siècle.

47 — Deux petits vases à couvercle en émail
cloisonné. Dessins en vert, jaune, noir et bleu
sur fond bleu.

48 — Petit plat ajouré en cuivre polychromé et
verni. Est composé de serpents entrelacés et

découpés. Marli composé d'une bordure de têtes de serpents tenant en gueule des pierres serties.

49 — Petit encrier en plomb en forme édicule à fenestrage surmonté d'une couronne. Travail français de la Renaissance.

50 — Petit éteignoir en cuivre : Prêtre lisant son bréviaire, xviiie siècle.

51 — Lot de clefs en fer, cuivre et bronze de toutes les époques.

52 — Seize entrées de serrures en cuivre et bronze.

53 — Huit lanternes en cuivre, lanternes pliantes de modèles divers et autres. xvie, xviie et xviiie siècle.

54 — Divers objets de haute antiquité.

55 — Pendule en bronze doré, époque Louis XVI.

56 — Flambeau à bouillotte en bronze ciselé et doré, époque Louis XVI.

57 — Encrier en bronze et marbre Louis XVI.

58 — Paire d'appliques à deux lumières en bronze ciselé et doré Louis XV.

59 — Beau cadre en bronze ciselé et doré, Louis XV.

60 — Olifan en dent d'éléphant sculpté à personnages. Travail indien.

61-62 — Deux claymores, gardes en fer grillagées. xvie siècle.

63 — Deux centaures en bronze à patine claire attribués au xvie siècle, sur socles en bois noir.

64 — Deux petits chats en vieux céladon bleu turquoise, monture en bronze doré, style Louis XVI.

FAIENCES, PORCELAINES

65 — Plaque de revêtement en ancienne faïence de Rhodes, décor palmes bleues et ornements en vert et jaune. Cadre bois noir.

66 — Plaque de revêtement en ancienne faïence de Rhodes, décor bouquets d'œillets dans un encadrement de tiges fleuries. Cadre bois noir.

67 — Panneau composé de six plaques de revêtement en ancienne faïence de Rhodes, décor à rosaces fleuries sur fond forme étoile entouré de branchages.

68-70 — Six plaques de revêtement en ancienne faïence de Rhodes, décors variés (sera divisé).

71-80 — Dix plats en ancienne faïence de Rhodes, décors variés (sera divisé).

81-86 — Cinq petites coupes, en ancienne faïence de Perse, décor à personnages et branches fleuries.

87-89 — Cinq petits plats creux bords larges, décor polychrome.

90 — Trois pots avec couvercles en ancienne faïence de Perse.

91 — Grande potiche avec couvercle en vieux Chine, fond bleu, décor à paysage rehaussé d'or.

92 — Figurine en ancienne faïence italienne, formant salière double.

93 — Salière à trois coquilles, en ancienne faïence italienne.

94 — Bouteille en ancienne faïence de Rhodes, décor à bandes vertes contournées.

95 — Pot en ancienne faïence de Rhodes, décor bleu.

96 — Trois gourdes en ancienne faïence de Perse décors variés.

97-98 — Huit plaques rectangulaires en ancienne faïence de Rhodes, divers décors.

99 — Cinq fonds de plats, même faïence.

100 — Suite des plaques et de fragments de plaques de revêtement, en ancienne faïence de Perse.

101 — Plat hispano-arabe à reflets mordorés, décor à l'aigle sur fond de fleurs, xvie siècle. Encadré.

102 — Plat hispano-arabe à ombilic décor à reflets métalliques imbriqués de bleu, xvie siècle.

103 — Plat hispano-arabe à ombilic, décor à reflets métalliques, xvie siècle.

104 — Trois jolies assiettes, en ancienne faïence de Rouen, décor en polychrome, au Dragon.

105 — Deux cornets en ancienne faïence italienne, décor à couronnes, écussons et inscriptions.

106 — Jolie assiette, en ancienne porcelaine de
Charles-Théodore, décor à fleurs, bordure
gaufrée.

107 — Assiette en porcelaine de Chantilly, décor
à arbustes dans le goût Chinois.

108 — Plat en ancienne porcelaine de Chine.
Famille des Ming.

109 — Vase en ancienne porcelaine de Chine,
sur socle en bois.

110 — Vase en ancienne porcelaine de Chine,
fond jaune, sur socle en bois.

111 — Vase en ancienne porcelaine de Chine,
fond rouge, décor à médaillons, personnages
et paysages, sur socle en bois.

112 — Coupe en ancien cloisonné de Chine.

113 — Vase en ancien grès de Chine.

114 — Vase, forme cylindrique, fond jaune en
ancienne porcelaine de Chine ; sur socle en
bois.

115 — Vase en ancien craquelé de Chine, sur
socle en bois.

116 — Deux potiches en ancienne porcelaine de
Chine.

117 — Deux potiches en ancienne porcelaine de
Chine, décor bleu sur blanc à fleurs de pêcher.

BIJOUX, ARGENTERIE,

OBJETS DE VITRINE

118 — Parure ancienne en or et perles fines com-
posée d'un collier, une paire de pendants
d'oreilles et une broche.

119 — Châtelaine en or émaillé Louis XVI.

120 — Épingle de cravate ancienne en or ornée
d'une main émaillée enrichie d'un brillant.

121 — Épingle de cravate ancienne en or représentant le Christ, Marie et Madeleine.

122 — Deux breloquets anciens en or, ornés de têtes de morts émaillées.

123 — Broche forme trèfle en or enrichie de brillants et de trois intailles anciennes.

124 — Croix ancienne en or et émeraudes.

125 — Croix ancienne en or enrichie de deux diamants anciens,

126 — Bague marquise en or ornée d'une grisaille, Louis XVI.

127 — Étui en argent doré, Louis XVI.

128 — Bague ancienne en or et diamant de table.

129 — Bague en or ornée d'un camée dur ancien.

130 — Bague en or avec intaille ancienne.

131 — Bague ancienne en or ornée de crisolites.

132 — Clef en or.

133 — Deux flambeaux en argent vieux Paris.

134 — Deux appliques en bronze doré à trois lumières.

135 — Deux petites lampes en argent.

136 — Coffret à bijoux avec appliques en argent ancien.

137 — Bonbonnière, monture or.

138 — Manche de couteau en sardoine.

139 — Miniature rectangulaire sur ivoire : Portrait de Mme Henriette de Bourbon Conti, fille de Louis XV, d'après Nattier. Cadre en bronze doré à fronton et chevalet.

140 — Miniature rectangulaire sur ivoire : la Princesse de Visconti au milieu d'un parc. Cadre en bronze doré a fronton et chevalet.

141 — Miniature ronde sur ivoire : Portrait de jeune femme coiffée d'un chapeau époque Louis XVI, d'après Hall.

142 — Boîte ancienne doublée d'écaille, ornée sur le couvercle du portrait sculpté du roi Louis XVIII.

143 — Louche ancienne en argent.

144 — Service composé de douze grands couteaux. douze couverts à entremets, un service à découper, un service à poissons, un manche à gigot, monture argent guilloché.

145 — Douze couverts en bois d'olivier et cuivre doré.

146 — Quatre dessous de carafes argentés.

147 — Petit reliquaire orné de diamants et rubis avec sujet en ivoire.

148 — Montre en or gravé.

149 — Bague ornée de strass.

150 — Deux boucles d'oreilles ornées de diamants et perles fausses.

151 — Paire de pendeloques, têtes de négresse ornées de pierres fines de couleur.

152 — Deux boucles d'oreilles en argent ornées de diamants.

153 — Broche ornée d'une grosse perle entourée de roses.

154 — Deux reliquaires ornés de peintures : La Vierge et le Christ en croix.

155 — Fume-cigarettes en argent.

156 — Collier en cristal taillé.

157 — Broche en argent ornée de diamants.

158 — Deux boucles d'oreilles en argent, ornées de strass.

159 — Cachet en or, orné d'une cornaline.

160 — Broche ornée d'une grosse perle entourée de diamants et turquoises.

161 — Quatre miniatures : Portraits d'hommes.

162 — Montre à double boîtier en argent repoussé, sujet représentant Mars et Vénus, époque Louis XV.

163 — Montre à double boîtier en argent repoussé, décor à personnages, renfermée dans une gaîne en écaille cloutée d'argent, époque Louis XV.

164 — Montre avec boîtier émaillé à animaux.

165 — Peigne en écaille orné d'une applique en argent et roses anciennes.

166 — Monture d'escarcelle en argent ciselé et découpé à figurines et amours.

167 — Autre monture plus petite.

168 — Petite pendule en argent surmontée d'un lion.

169 — Statuette d'enfant en argent.

170 — Petit éléphant en argent, socle en marbre.

171 — Couteau et fourchette en ivoire sculpté à figurines, montures en argent.

172 — Couteau à fromage en ivoire, lame en argent gravé.

173 — Bague en or, cachet au chiffre H. B.

TAPISSERIES

MEUBLES, HARPE, MARBRE
TAPIS D'ORIENT

174 — Grande et belle tapisserie de Bruxelles, représentant une bataille dans laquelle figure le bouillant Achille, composition d'une multitude de personnages et de cavaliers, d'après les cartons de Rubens. Avec superbe et large bordure à petits médaillons, paysages, guirlandes de fruits suspendues à des festons de rubans dans lesquelles des enfants prennent leurs ébats. Les côtés à dessin architectural avec vases décoratifs et chutes de fruits. Dans le bas on lit la signature V. D. STRECKEN. XVIIᵉ siècle.

175 — Tapisserie à armoirie se détachant sur fond jaune avec bordure à ornements et écussons sur fond rouge. XVIᵉ siècle.

176-177 — Deux belles tapisseries aux blasons de Castille, se détachant au milieu de grands rinceaux et ornements sur fond rouge, bordures à trophées, guerriers et masques symboliques. Fin du xvie siècle.

178 — Trois portières en velours avec bandes en tapisserie ancienne.

179 — Jolie harpe en bois sculpté, partie dorée et décorée, époque Louis XVI, signée COUSINEAU PEREETE à Paris.

180 — Buste du général Murat. Marbre, signé FÉLIX.

181 — Petit bureau en bois de violette et satiné Louis XV.

182 — Meuble à deux corps formant vitrine dans le haut et fermant à portes pleines dans le bas tout en marqueterie hollandaise.

183-188 — Six beaux tapis anciens d'Orient, dessins divers.

189-192 — Quatre autres tapis d'Orient.

193 — Deux seaux en cuivre.

TABLEAUX

GÉRARD (attribué au baron)

194 — *Portrait de M^mc Lœtitia Bonaparte*, représentée assise, la tête tournée presque de face en élégant costume de l'époque.

> Beau pastel, dans un riche cadre en bois sculpté et doré de l'époque.

NATTIER (genre de)

195 — *Portrait de dame.*

> Pastel, cadre bois sculpté.

ÉCOLE HOLLANDAISE

196 — *Portrait d'homme coiffé d'un turban.*

ÉCOLE ITALIENNE

197 — *L'Adoration de l'Enfant Jésus.*

> Devant offrant en grisaille des anges. Triptyque.

ÉCOLE PRIMITIVE

198 — *Baptême du Christ.*

199 — Objets omis.